どの色よりも逞しく

遠藤友紀恵

どの色よりも逞しく

絵　左直諒

まえがき

自然の中に
素朴で
地味で
毎日巡る作業

私は選んだ訳ではなく、利用者（障害者）として農業に携わっています。私が利用者として働いているマヤファームはチンゲンサイ、玉ねぎ、白ネギ、こんにゃくイモを主に作っています。不出来な私が書くのも気が引けるのですが、「どの色よりも逞しく」という題名は、

どんな仕事に対しても前に向いて取り組む方々にも、前に向く事が難しい方々にも届いて欲しい言葉です。

仕事が多ければ多いほど、足腰は痛み、精神力は鍛えられて、一般社会で役に立てなかった私にとっては、何かに役に立つ自分を見つけることが出来た時達成感は生まれ、いつもではありませんが、それを続けることへの達成感が生まれます。毎日新しい仕事に出合える私は恵まれているのか、考える間もなくヘトヘトです。

そして家に帰り着き、様々な事を思い巡らせています。ここに書いた詩は、仕事とは関係のない事が大半を占めているかも知れません。自分の思い出や、生活していて感じる事や、元義父の思いや、娘の思い。そして今年三月末に急死された仕事仲間へ贈る詩。勝手に私が想像している部分もあります。会話の中で彼等から出て来た言葉も含めて詩にしました。その思いを読んで頂けたら幸いです。

つべりんとこべりんに関しては、私が楽しみながら書かせて頂きました。

テーマは「自立」です。

目次／どの色よりも逞しく

娘

ペット

日々の思い

謎

幸

つべりんとこべりん

どの色よりも逞しく

仲間へ

挿し絵　左直　諒／池上　智子

マヤファーム

奇跡の玉ねぎ

1.
なんで無事に育ってくれたんだろう　玉ねぎ
今年は不作　皆が口を揃えてボヤいてる

種が良いかっていうと
半額を値切ったヤツだし
土が良いかっていうと
近所の方々からお借りした農地　沢山使ってる

…だからかな？？…

奇跡の玉ねぎ　こんなにたくさん
奇跡の玉ねぎ　皆んなに感謝

2．

トロい私玉ねぎ作業で役に立たない
力不足暑くて体が付いいて行かない

だけど歯をくいしばって
頑張る人達が居る
キツくて倒れそうでも
やれる事を全部やり切れるまで
奇跡の玉ねぎ　皆んな苦しめる程

奇跡の玉ねぎ　出来が良すぎる
奇跡の玉ねぎ　そしてありがとう
奇跡の玉ねぎ　たくさん届け

なんで無事に育ってくれたんだろう？　玉ねぎ
大事な農地貸して下さったご近所に感謝

私の椅子

最初に比べて凄く忙しくなった
玉ねぎの出荷作業
椅子に座る作業もあり
私は作業場に
自分の椅子を置かせて貰った

性格上「自分の椅子だから」と
言いたくない私は

他の人が使っていても「いいですよ」
としか言えなかった

何も言わないのに　ある指導員さんが
その小さな気持ちに気づいてくれたのか
「はい遠藤さんの椅子」
と、手渡してくれた

私のほんの少しの我慢に気づいてくれた事が
とても嬉しかった

予期せぬ台風被害

1.
予期せぬ台風の影響で
収穫より前の白ネギは倒れた

倒れたモノは仕方ない
必死でネギを真っ直ぐに起こす

思ったよりも　他の農家の白ネギは
思ったよりも　被害を受けてはいない

2. 二度目の台風の影響で
必死で起こした白ネギは倒れた

またか　とため息が出る
今度は杭を打ちヒモで縛る

思ったよりも　他の作業よりキツく
思ったよりも　足腰を痛める作業だ

全ての白ネギ起こしが終わり
土寄せの出来た白ネギは
なんと立派なことか
綺麗な出来栄え

曲がった白ネギが多くても
皆んなの努力は報われる事を願って

和

たくさんの人が本音を隠している
けれど中には本音を隠さず表に出す人もいる
自分を偽らず表に出す事が苦手な私には
本音が言えて尚　憎まれない人が
羨ましく思える

きっとどんなキツい言葉も
その人の普段の苦労によって
かき消されるのだ

その人がつくりだす世界は

〝和〟を生み出す

あなたの器

あなたの器は
どこまで広く大きいのだろう

この自然も野菜も
ひとりぽっちの哀しみを知る
人々の心も育てて

あなたが居なくなったら

私はもっと悟るだろう
あなたの居ない世界を

それまでに色んな角度から
あなたを見ている

あなたの器に
近づきたいから

電車

良い一日でありますように

電車に乗って一番に思うこと

あの恐竜に会いたい

「あの恐竜たちに会える日は
一日良い事があるんじゃわ。
そんな気がするんよ。
だから、毎日窓際に乗れるように

朝早い電車に乗るんよ。」

…あの恐竜とは
電車から見える
二頭の恐竜の銅像のこと

お婆さんの言葉通り
人がいっぱいの電車を避けるため
なるべく早起きをして
半信半疑で窓の外を眺めて
あの恐竜たちを見る

不思議と　悪い事は起こらない
偶然だろうけど癖になる

良い一日でありますように　と
願うから

何処でも気の遣える人

電車に乗ると
人間の本性が見え易い
自分の世界ではない所でも
相手に思いやりを持てる人が
数少ないから

大抵自分の好きな友達と一緒に乗れたら
御の字なのだと思う

一人で乗る場合で席が空いている時は
二人席に一人ずつ乗ってる風景を
よく目にする

私も実は横には誰も乗って欲しくない
降りる場所の違う相手が乗ると
降りる時が面倒だから

知る人が誰もいない空間で
他人に心から気を配れる人はいないに等しい

だから　ごくたまに席がない時
快く横に座らせてくれる人は

きっと
何処でも気の遣える人

ネオクリエイション

「マヤファーム」という名前の前に「ネオクリエイション」という言葉が在ります。その言葉は元利用者で現在は指導員として大きく活躍されている方が考えられた言葉だそうです。

「障害者が新しい世界を創造する」という意味が込められているのだと、理事長から教わりました。


マヤファームで利用者として働いて六年目になる私は、誰が考えたかも意味も知らずに「ネオクリエイション」という言葉の響きがあまり好きではありませんでした。

でも、仕事がきつかったり悔しい思いをすることもあるけれど、マヤファームの姿勢を見ていると「負けずに頑張って見せてやる」という気持ちの方が勝ちます。だから「ネオクリエイション」という意味が好きになりました。

Ａ型施設とは、指導員が利用者（障害者）を支援しながら能力に応じた仕事を提供してくれる場です。支援とは、人が人に力を貸して助けることです。それは口では簡単には言い表せませんが、マヤファームは、指導員や利用者がきっと何かしらのストレスを抱えつつも「前に向いて頑張っている」という事がお互いに助け合い、力を貸している証拠だと私は思うのです。

元義父

言われもできぬ哀しみが

「元気やね。お父さん。」

口を揃えて僕に
そう言う周囲(まわり)は
一体僕の何を知っている？

女房が去って半年

老老介護が大変だと言えば
確かにそうだった…
最期まで看取る覚悟

女房、子供、孫に
手が掛からなくなり
重荷から解放されて
自分の事だけすれば良い毎日

皆んなを支え続けた人生
今は虚しいとさえ感じる
誰に分かって欲しいでもない

言われもできぬ哀しみが

今、我に…存在する

ただひたすらに

見えなくたっていいのです
聴こえなくてもいいのです

誰かに支えて貰おうとか
誰かと共に生きようなんて

思う隙もない位…

僕が生きている限り
貴女と生きたこの家を
ただひたすらに

娘

星の繫がり

遠藤　純花

もちもち笑顔が可愛いくて
明るいイオンが流れてく
弾ける魅力が瞬いて
胸の奥の源奏が広がる

流れるように様々な
星のカケラが繋がって
私の架け橋「星野源」

箱

私はこの世界に存在する
小さな小さな
箱の中の人々に診断を下される

信用して秘密を少し漏らしたら
いつの間にか箱の中で広がって
私はつまはじきにされる

何故…

もし他の箱に移っても
一瞬だけ楽になるけど
今までの私の繰り返し

苦しいけど
逃げ出すのはもう止めよう
まだまだ気の弱い私が
大人となるために

ペット

心

猫猫子猫子猫ちゃん
あなたは道ばた箱の中
顔を覗かせ一匹で
おびえて寒空生きていた
私はあなたに一目惚れ
お母さんに訊いてみた
飼ってもいいかと訊いてみた
最初は嫌がるお母さん

けれどもこの子の目を見ると
やっとの言葉を口にした

この子の面倒見るのなら
あなたが可愛がるのなら
母さん絶対最後まで
この子を見捨てるわけないよ

家族の一員猫ちゃんは
五人家族の一番下
「心」という名を名付けられ
「ココちゃん、ココちゃん」愛されて
毎日元気に生きている
言葉を使いはしないけど

ココちゃん「にゃー」の甘え声
「幸せだよ」と響いてる
散歩が大好きココちゃんの
「心」の中から聴こえてくる

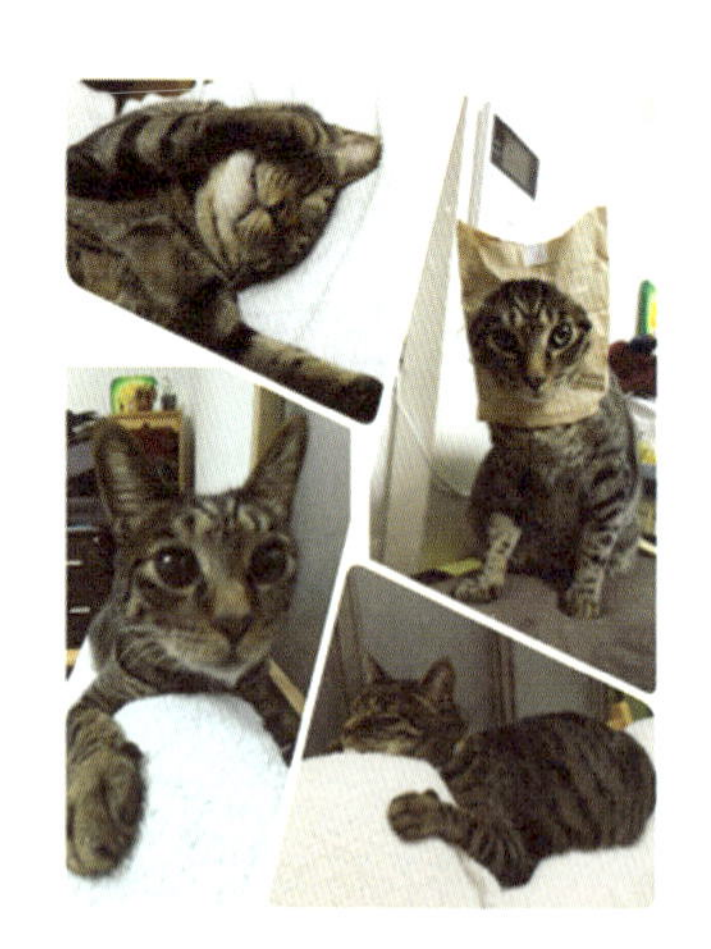

ハムスターのプリンちゃん

私の娘は一人っ子の寂しがり屋
動物のお世話をしながら
寂しさを感じる時間を減らしたい一心で
動物を飼いたいと言い出した

そこで飼い始めたのがハムスターのプリン
軽い体でどこでも歩き廻り
上からステンと落ちても平気な顔

愛らしく丸まって眠る
朝ごはんを食べる時はまだ眠いのか
うとうとしながら餌を匂いまた眠る

何より嬉しいのは
人間の手からでも怖がらず
ごはんを食べてくれる事

プリンは
今や家族みんなのアイドル

いつの間にか我が家の癒し
ハムスターのプリンちゃん

日々の思い

どうか元気でありますように

あるとき〝ふっ〟と露(あら)われて
私の憶(おも)いをくすぐる人

遠く遠く　遥か昔に
友達にフラれてしまったと
私の耳まで届きました

私が選んで貰えなかったのは

当たり前だと思います

あの時期(とき)の私の事など
きっと誰にも解(わか)らなかった

時折あなたを思い出すと
〝強い人〟というイメージが浮かぶ

信じた相手に誠実だったあなた

今のあなたはどうなのでしょう

どうか元気でありますように

不甲斐ない女

買い物帰りに自転車に乗っていると
少年達の自転車の群れが
私の行く手を阻むかのように
前をトロトロ進んでいる

いらだちがつのっても
いつの間にか事なかれ主義に育った私は
注意できない

そんな自分に嫌気がさしながら
広い道に出たと同時に
私は彼等を追い越した

これでスッキリと思う反面
自分の不甲斐なさも痛感している

そうやって私は生きて来た
嫌われずに上手い事すりぬけようとする
自分を許せない程に

不甲斐ない女

紫陽花 ～あじさい～

「ちゃんと聴いてる？」
私は車の助手席で
ラジオから流れる紫陽花の話を
彼にも聴いて欲しかった

「そうか、もう梅雨だな」
ポツリと話す彼は
通りすがりの紫陽花を眺めながら

色とりどりの花びらに
目を奪われている

「綺麗だね」そう、私が言うと

「土によって色が変わるってとこ、
なんか人間に似てるな。
紫陽花は繊細なやつだ。」

「うん。…そうだね。」

聴いてたんだ。と、思うと同時に
〝繊細なところがあなたにそっくりだよ〟
と、言いかけて…やめた

廻り廻って

人は何故マイナスの言葉に
本音が宿っていると思うのだろう

綺麗事に聞こえる言葉の中に
真実がある事だってあるのに

廻り廻って　ようやく
本当に気付く

もどかしいけれど
廻り廻って…

苛立ちはなくなった

前の患者さんが先生と長く話して
なかなか順番が回って来ない

大変なのかな？
なんて思う余裕などなく
苛立っていた私

しばらくして出て来た患者さんと

ご家族の会話を聞いて

苛立ちはなくなった

「この手術をしても、こけなくなるだけ？」
「そうそう、でもこの手術ずっと頭を固定されているから、
かなりしんどいって。誰もが二度としたくない手術らしい。」

患者さんの年齢はおそらく七十代
今まで病気で何度こけられたのだろうか
手首には痣（あざ）があり
腕に包帯をされていた

変わり映えしない昨日から

そよそよと吹く風のように
波風立てない私より
毎日変わる天気のような
気分屋さんのあなたより
毎日昇る太陽が
大切なのだと知ったのは
有り難さとの
誓いを交わす

変わり映えしない昨日から
今日を乗り切る私こそ

あっちゃから〝ポッ〟

母が植えたお花が
幾日か経ってから

あっちゃから〝ポッ〟
こっちゃから〝ポッ〟

と芽が出て来るらしい

花に関しては

飽き性でない母である

「あっちゃから〝ポッ〟
こっちゃから〝ポッ〟
と芽が出て
嬉しいんよ」

と語る母は
他のどんな時より
幸せそう

謎

仕草

その人の言葉や仕草が
胸に突き刺さるのは何故だろう

おおよそ見当のつく言葉を
その人は発さない

気づいていても
気づかないふりを徹底する人

だから気を緩められない
仕草の中に隠れている
その人の本当を知りたい

溜息

「溜息をすると幸せが逃げて行くよ」と
よく耳にする

ほんと　そう思う

決まって　何か心に詰まったものを
吐き出してしまいたい時に出る溜息は
何かを失ってしまいそうで…

幸せを失いたくなくて
溜息の後
息を吸い込む人もいる

迷信だと思いながらも
ほんの少し今ある幸せを
逃がしてしまわぬように…

予感

思った通りの風景に
見過ごせばいい出来事に
いつも引っかかり
解決を求める

何故かって…

思いがけない風景に

見過ごせない出来事に
いつか、いつか、膨らんで行く
予感がするから

心の底

人から好かれたいと願うことは
いけないことでしょうか

人から好かれたいと願うことで
人格は前向きに成長すると思え

人は生まれながらにして
人と関わる運命で

人にどう思われるかなんて関係ないなんて
「心の底」から思うことは
私には出来ない

喜怒哀楽が難しい

嬉しいことが嬉しいと
腹立つことが腹立つと
哀しいことが哀しいと
楽しいことが楽しいと

いつでも正直に表現することが出来たら

どんなに幸せだろう

半信半疑

人はどんなに相手を好きでも
　どんなに長い付き合いでも
半信半疑　が　一番いい

何かあった時
自分も大きく崩れないし
相手に重荷を背負わせることもない

半分は信じて半分は疑う
決して悪い事じゃない

人生

どうなるかが分からないから
人生は面白い

今

今　決めてもいいんだよ

常識

常識なんてと
バカにする人がいる
けれど常識が備わらないと
周囲を困らせ
いずれは自分も困る

常識は苦しい時もあるけれど
必要だとつくづく感じる

幸

あまのじゃく

誰でもが言える事をあなたは言わない
誰でもがする事をあなたはしない
誰もが行きたがる所へあなたは行かない
あまのじゃくなあなたを好きな私は
見かけは素直な　あまのじゃく

アンパンマンに似ている私

薬局で買った売り物に付いていた
小さなおまけのアンパンマンのキーホルダー
あなたは大事そうに鍵に付けてたね

一度落とした事があって
「探したらあった！」と、喜んでいた

ボロボロになるまで使っているから

どうなっても構わないのかと思ってた

今では落としたらいけないと
テレビの上に飾っている

「私に似てるから?」と、質問したいけど
恥ずかしくて　聞けないな

お天道様の日の下で

お天道様の日の下で君は何を考える
本当は僕の左側　君の喋りを聴いていたい
だけど君の頭の中は蝶々が三匹飛んでいて
何かピーンと思いつくと

飛ぼう飛ぼうともがいてる
君の邪魔をする気はないよ
ほら、何処でも飛んで行き

笑顔

僕はその笑顔に
惹かれていた
その奥に秘められた信念に
気付かされた時は

驚きと覚悟で

一生を君に…と決めた

幸せを掴む

遅すぎたかも知れないけど
も一つある手を掴んだら
遅すぎたかも知れないけど
居心地良い気がしてるんだ
嫌われてないんだと
好きになって行けるよと

幸せになるんだと
幸せを掴んだと

つべりんとこべりん

つべりんとこべりん

きょうもしごとがいそがしいつべりんと
きょうもしごとがいそがしいこべりんは
いつものように　あれやこれや　と　ぶつぶつもんくをたれていました。

つべりんの　いいぶんは　こうです。

こべりんはいつもいそがしいというけれど、僕のいそがしさにくらべたら なんてことないはずだ。

いえにいっつもいるのだから。

こべりんの　いいぶんは　こうです。
つべりんはいつもたいへんだというけれど、私のたいへんさにくらべたら　なんてことないはずよ。
そとであそぶことだってできるのだから。

おたがいに　ゆずるきもちのない　りんさんたち。
いっしょに　すんでいるけれど、ひるまは　ちがう　ばしょにいる　りんさんたち。
おたがいに　あれやこれや　もんくをたれるけど、つべりんとこべりんは　それがあたりまえになって　しかたなくでも　ずっと　ずっと　いっしょにいます。

あえて言うなら、りんさんたちは　とても仲良し。

つべこべ文句を言い合えるのに一緒に居られるのは、お互いをどこかで
認めている証拠。

羨ましい事だと思いますよ。

どの色よりも逞しく

途絶えることのない夢の中に

生きて在ることの難しさは
いつも自分の心の中にある

途方に暮れていた私は
誰にも覗かせない心の内を
投げ掛けてみたけれど

貴方の赴く方向は
どこまでも広く

先の先を見据えていた

「小さいか大きいかではない
出来るか出来ないかでもない
やるかやらないかでは？」

…雲の合間から光が射し
　　…目の前の景色は一変した…

「そうか…」
言葉にすると同時に
此処からの私は
志(こころ)が見つけられる気がした
漠然と

目にじわりと涙が浮かび
ふんわり暖かな蘇りを感じた

生きて行くことの根源には
躓(つまず)きの後に残る葛藤がある

小さいか大きいかではない
出来るか出来ないかでも…

途絶えることのない夢の中に
踏み出す力を描けるような
自分の夢(こころ)にあるのだと

どの色よりも逞しく

朝

目を凝らして川の中を覗いている
そのお爺さんは
昔とは変わってしまった川に
愁嘆の気持ちで
今も魚は泳いでいるのかと
見入っているのだろうか

新聞配達をするおばさんや
バイクで走るお爺さん
欠かさず散歩を続けるお婆さんは

自然が壊れて
異常気象が続く時代に
なんと逞しいんだろう

私も働こう

どの色よりも逞しく
と　気持ちを奮い立たせて

仲間へ

桜が満開になる前に

彼は私の仕事の仲間
時折体がしんどそうで
農作業に苦戦していた

動きはいつもおっとりペース
それが彼の一番悪いところなようで
一番良いところ
人の痛みを知っているように見えた

最期の耕運

「出来を考えながら、耕運したんです」
と畑の耕運を一番素晴らしい出来栄えで
終えた仕事を最期に

仲間に「腰は大丈夫？」と
言葉掛けをした彼は

桜が満開になる前に

この世を去った

楽しみにしていた花見

一緒に行く事は出来なかったけど

きっと空の上から見ているはず

空の上から

（亡くなる前日に彼は指導員さんにこれからの仕事について前向きな話をされ、
耕運については出来に自信を持ち始めたところだったそうです。）

ご冥福をお祈りします

終わりの言葉

終わりの言葉

チンゲンサイの苗は育苗ハウスで約二十日間育てられます。栄養たっぷりの苗土の中に撒かれた種は、水をもらいながら風通しの良い所で芽を出し、小さな双葉を出し、本葉を出して大きくなって行きます。毎日の水やりと温度管理の中、大事に育てられた苗は、やがて大きなビニールハウスに植えられます。

それまで狭い所で育った苗は、今までの何十倍もの広い場所で暮らす事になります。水を与えるのは約一週間に一度になりますが、特に最初の水やりはタイミングが大事とされています。

今まで毎日当たり前に水をもらっていた苗は、いきなり水がもらえなくなるので、少しグッタリします。強いストレスを与えられた苗は、自分の力で根を伸ばし、水を探し当てる事を覚えます。するとそれまでグッタリしていた苗の葉は、シャキッとします。この現象を農業者は「活着」と呼びます。つまり人間でいうと「自立」と同じ事だそうです。

「可愛い子には旅をさせろ」と言います。

ライオンは我が子を谷に落とすそうです。

野菜も動物も人間も逞しく育つには可愛いがられ過ぎる事は必ずしも良い事とは言えません。

チンゲンサイでいうと、タイミングを見計らって水を与えなければ、弱い苗になるのです。

この話を理事長から初めて聞いた時、生き物の努力や命の尊さを感じ、更に育てる者の苦労を教わった気がして「終わりの言葉」とさせて頂きました。

遠藤　友紀恵

著者紹介

遠藤友紀恵（えんどう　ゆきえ）

1974年　岡山市で生まれる
2015年２月　「玉ねぎの詩」『現代農業』野良で生まれたうたに掲載
2016年７月　「生き方の法則」　第１回永瀬清子現代詩賞受賞
2016年12月　『違う形の雲の下』
2017年７月　『新しい世界へ』

［所属］
黄薔薇、岡山県詩人協会

現住所　〒703-8244　岡山県岡山市中区藤原西町２丁目４−31

発行日　2018年９月28日
書　名　どの色よりも逞しく
著　者　遠藤友紀恵
発行者　遠藤友紀恵
発　売　吉備人出版
〒700-0823 岡山市北区丸の内２丁目11-22
電話 086-235-3456　FAX 086-234-3210
ホームページhttp://www.kibito.co.jp
Ｅメール　mail:books@kibito.co.jp
印　刷　株式会社三門印刷所
製　本　日宝綜合製本株式会社

ISBN978-4-86069-567-5 C0092